AW

Adelhard Winzer, geboren in Karlshuld/Bayern, verbrachte die ersten Kinderjahre auf dem Bauernhof seines Onkels, Mitbegründer verschiedener Bands, Reisen durch Europa, Kinderbuchveröffentlichung „Andreas", Georg Lentz Verlag, München, Bankangestellter, Bankkaufmann, intensive Schreib- und Zeichentätigkeit, Ausstellungen in Neuburg an der Donau, München und Umgebung, zwei Stücke im Cantus Theaterverlag, Eschach: „Krethi und Plethi" – „Das Korkenspiel", weitere Buchveröffentlichungen: „Die Sprachgrenze" – „Lügengeschichten" – „Stockholm Blues" –„Andreas (Reprint)" – „Hundert Zeichnungen" – „Grundsätze über die Kunst" – „33 Computer-Zeichnungen" – „Venedig, von hier aus" – „Der Pensionist", Books on Demand, Norderstedt, lebt im Chiemgau.

ADELHARD
WINZER
KRETHI UND PLETHI
DAS KORKENSPIEL
Zwei Stücke

Bibliografische Information der
Deutschen Nationalbibliothek: Die Deutsche
Nationalbibliothek verzeichnet diese Publikation
in der Deutschen Nationalbibliografie. Detaillierte
bibliografische Daten sind im Internet über
http://dnb.dnb.de abrufbar.

© 2019 Adelhard Winzer
Aufführungsrechte:
CANTUS Theaterverlag, Eschach
Herstellung und Verlag:
BoD – Books on Demand, Norderstedt
Umschlaggestaltung:
Adelhard Winzer

ISBN 978-3-750414716

Inhalt

Krethi und Plethi

Personen

LAYLA
SABRINA
DIE UNBEKANNTE

Ein Stück, das die Sprache zum Mittelpunkt hat. Befangenheit und Vorurteile der Menschen. Keine zwingende Handlung.

LAYLA (schwarzhaarig) und SABRINA (blond), einheitlich gekleidet, sitzen Rücken an Rücken auf einer Bank, reden über eine fremde Person, stehen auf, gehen im Kreis, deuten mit den Händen, vermeiden es, sich dabei anzuschauen. Ort des Geschehens: Ein Kirchenplatz. Bühnenlicht, das, während sie sprechen, allmählich schwächer wird und den Schatten des Kirchturms näher bringt. Bewegungen und Gesten sollen nicht übertrieben wirken. Freier Redefluss. Dazwischen kurze und längere Pausen. Keine strenge Regieanweisung, die Inszenierung liegt in der Hand des Regisseurs. LAYLA und SABRINA telefonieren in den Pausen: nehmen Anrufe entgegen, die sie mit JA oder NEIN oder SOWIESO beantworten, oder sie schreiben SMS auf ihren Handys, murmeln Unverständliches dabei, schminken sich oder blättern in Illustrierten, gähnen, schauen neugierig um sich, manchmal auch verängstigt. Beide treten sehr selbstsicher auf – aber nicht überheblich.

LAYLA Hat sie Ja gesagt oder Nein, woher kommt sie, wie heißt sie, was tut sie, womit verdient sie ihr Geld, warum redet sie nicht mit uns?

SABRINA Keiner kennt sie, das weiß ich, sonst nichts.

LAYLA Ist sie verheiratet, hat sie Kinder, wie viele, lebt sie allein, ist sie geschieden, ist sie reich, ist sie arm, hat sie ein Auto?

SABRINA Ist das wichtig?

LAYLA Der Ort ist klein, da ist man schnell durch, zu Fuß kriegt man mehr mit.

SABRINA Und wenn man nur so tut, als sei man auf der Durchreise, als interessiere einen gar nicht, was hier passiert?

LAYLA Man muss nicht alles gesehen haben, kann immer so tun als ob oder auch nicht.

SABRINA Sie geht hin und her.

LAYLA Weil sie nichts weiß, die Straßen nicht kennt, die Kirche, die Schule.

SABRINA Hat sie was zu verheimlichen?

LAYLA Wer hat nichts zu verheimlichen?

SABRINA Ich weiß es nicht.

LAYLA Sie lässt mir keine Ruhe.

Pause.

LAYLA Schon denke ich wieder an sie.

SABRINA Ich auch.

LAYLA Was geht vor in ihr?

SABRINA Keine Ahnung.

LAYLA Ihre Ruhe beunruhigt mich.

SABRINA Manche verdächtigen sie, andere gehen einfach an ihr vorbei.

LAYLA Man kann ja nicht in die Köpfe der Menschen hineinschauen.

SABRINA Weil sie alle zu sind.

LAYLA Ich glaube, die Aufregung ist umsonst, ein paar Wochen und wir haben sie vergessen.

SABRINA Verdrängen und Wegschauen, ist das der Sinn des Lebens?

Längere Pause.

LAYLA An wen erinnert sie mich?

SABRINA An eine Filmschauspielerin.

LAYLA Mir ist das Wetter lieber, da weiß ich dann, dass ich nichts machen kann, aber mit so einer müsste ich streiten.

SABRINA Ich will nichts mit ihr zu tun haben.

LAYLA Ich auch nicht.

SABRINA Das wäre ein Fressen für die Journalisten aus dem Schmierblatt, die würden sich schamlos an sie ranmachen.

LAYLA Der erste Moment wäre entscheidend, die Bewegungen der Hände, die Neigung ihres Kopfes beim Beantworten einer Frage. Verdreht sie die Augen, zuckt sie zusammen, tut sie so, als hätte keiner was gesagt?

SABRINA Sie spricht mit niemandem.

LAYLA Sie soll endlich sagen, was sie will.

SABRINA Wie eine russische Matrjoschka.

LAYLA Matrjoschka?

SABRINA Holzpuppen, in denen sich weitere

Puppen befinden, die immer kleiner werden.

LAYLA Hast du es mit den Russen?

SABRINA Nein, aber ich habe einen Bekannten, der schwärmt immer noch von einer zweihundert Quadratmeter großen Wohnung in Berlin, Eigentümer beim Schwimmen gestorben, achtzig Jahre alt, war immer unterwegs, hat genügend Geld gehabt, trotzdem die Wohnung verkommen lassen, eigenartiger Typ, aber gescheit, Ausstellungskataloge, sündteuer, signierte Bücher, unbezahlbar, hat er jedenfalls gesagt, und Jugendstillampen, Flügel, Sessel aus dem neunzehnten Jahrhundert.

LAYLA Hast du die Wohnung gesehen?

SABRINA Ich nicht, aber er erzählt mir dauernd davon, zweihundert Quadratmeter zum Spottpreis, Teppiche, alte Fotos an den Wänden, Bruder im Krieg gefallen, die Russen haben eine riesengroße Truhe aufgebrochen, mit Bajonetten ihre Namen reingeschnitzt!

LAYLA Was?

SABRINA Die haben die Truhe einfach an die Wand geschoben, seit siebzig Jahren steht die da.

LAYLA Und von dem hast du die Matrjoschka bekommen?

SABRINA Ja. Es ist schon bedrückend, wenn man sieht, was von einem Menschen übrig bleibt, nur noch Briefe, Bilder, Schmuck und Bücher, hat er jedenfalls gesagt.

LAYLA Bei uns denkt jeder nur noch an sich selbst.

SABRINA Merkwürdig, wenn einer nicht mehr da ist, kommen gleich fremde Leute und räumen die Wohnung aus.

Kirchenglocken beginnen zu läuten.

LAYLA Schau, da kommt sie wieder.

SABRINA Ja.

LAYLA Sie geht direkt auf uns zu.

SABRINA Nein, sie bleibt stehen.

LAYLA Hat sie keine Freunde?

SABRINA Echte Freunde gibt es nicht.

LAYLA Das stimmt.

SABRINA Man muss weit gehen, bis man einen gefunden hat.

Längere Pause.

LAYLA Kennst du den Mann da drüben?

SABRINA Nein.

LAYLA Ein Schlappschwanz.

SABRINA Tatsächlich?

LAYLA Ich, als Mann, würde alles können. Ich könnte kochen wie der Teufel, Autos reparieren, Wände streichen, meine Frau verwöhnen, Rasenmähen sowieso – aber der da.

Pause.

LAYLA Ich, als Mann, hätte alles im Griff.

SABRINA Sie hat bestimmt keinen Mann.

LAYLA Vergiss sie.

Längere Pause.

SABRINA Sieht man ihr alles an, hat sie peinliche Erinnerungen, könnte man ihr etwas anhängen?

LAYLA Haltung bewahren, ist das Erste, was einem einfällt, wenn man sie sieht.

SABRINA Nicht darüber reden, wäre am besten.

LAYLA Und niemand weiß mehr, was geschehen ist.

SABRINA Wir sollten uns auf das Wichtige konzentrieren.

LAYLA Ja, aber woher kommen die Gedanken?

SABRINA Das weiß ich auch nicht.

LAYLA Die Gedanken laufen mir davon.

SABRINA Wer nichts tut, wird nicht verdächtigt.

LAYLA Wohin geht sie jetzt, nach links oder nach rechts?

SABRINA Erst nach rechts, dann nach links.

LAYLA Ist dir aufgefallen, dass sie immer eine Sonnenbrille trägt?

SABRINA So kommen wir nicht weiter.

LAYLA Sie hat etwas Verfängliches an sich.

Längere Pause.

LAYLA Da ist sie wieder.

SABRINA Wo?

LAYLA Vor der Kirche, sie blickt genau zu uns herüber.

SABRINA Soll ich mich verstecken?

LAYLA Vielleicht wartet jemand auf sie.

SABRINA Auf wen?

LAYLA Sie spielt mit uns.

Pause.

LAYLA Kümmere dich nicht um andere, hat mein Vater immer gesagt.

SABRINA Jetzt ist sie verschwunden.

LAYLA So viel Zeit möchte ich auch mal haben.

SABRINA Ist es vielleicht so eine, die man nicht mehr loskriegt?

LAYLA Wenn ich das wüsste.

SABRINA Bei der komme ich auf alle möglichen Gedanken.

LAYLA Ich habe sie noch nie lachen gesehen.

Länger Pause.

SABRINA Was interessiert sie, für wen würde sie ihre Hand ins Feuer legen?

Pause.

SABRINA Ist sie rechthaberisch?

LAYLA Telefoniert sie viel, telefoniert sie wenig, spricht sie gerne über sich selbst?

SABRINA Wurde sie als Kind geliebt?

Pause.

SABRINA Hat sie Geschwister?

LAYLA Je älter man wird, desto mehr denkt man an früher.

SABRINA Das stimmt. Aber die Jungen fühlen sich älter als alt, die könnten uns was erzählen über das Altsein, nicht über das Altwerden.

LAYLA Ist sie noch jung?

SABRINA Ist sie schon alt?

LAYLA Ich könnte mir vorstellen, dass sie ihr Leben gelebt hat, nur noch so tut, als würde sie leben.

SABRINA Ich glaube, sie steht kurz vor dem Altwerden, so eine Zwischenzeit, die wir nicht kennen.

LAYLA Denkt sie viel?

SABRINA Denkt sie wenig?

LAYLA Ist sie pünktlich, hat sie Ehrgeiz, ist sie aufbrausend?

SABRINA Hat sie ein schlechtes Gewissen?

LAYLA Gab es einen wichtigen Einschnitt in ihrem Leben?

SABRINA Wie waren ihre Eltern? Der Vater streng? Die Mutter verständnisvoll?

Pause.

SABRINA Gab es Ohrfeigen, Schläge, Probleme in der Schule?

LAYLA Sie erscheint mir immer anders, kaum meine ich, sie erkannt zu haben, kommt eine andere daher.

SABRINA Wie eine Matrjoschka.

LAYLA Ist sie musikalisch? Spielt sie ein Instrument?

SABRINA Ich glaube nicht, dass sie musikalisch ist.

Pause.

SABRINA Sie hat nicht den Gang einer Musikerin, sie hat überhaupt nichts Musikalisches an sich!

Längere Pause.

LAYLA Liest sie Liebesromane?

SABRINA Das glaube ich nicht.

LAYLA Sie steht einfach da.

SABRINA Schaut unentwegt zu mir her.

LAYLA Was will sie?

SABRINA Jetzt setzt sie wieder ihre Sonnenbrille auf.

LAYLA Schämt sie sich nicht, hat sie kein moralisches Empfinden?

SABRINA Sie grüßt nicht.

LAYLA Ist sie blind?

Längere Pause – Ein Fußball rollt auf die Bühne.
LAYLA fängt ihn auf und wirft ihn SABRINA zu. Sie
spielen so lange, bis er herunterfällt und in den
Kulissen verschwindet.

LAYLA Was haben wir heute für einen
Tag?

SABRINA Donnerstag.

Pause.

SABRINA Nein, Freitag!

LAYLA Obwohl ich manchmal auf und davon
laufen möchte, bin ich immer noch da.

SABRINA Gestern begegnete mir ein Bettler.
Der streckte selbstbewusst seine Hand nach mir
aus, und ich blickte zu Boden.

LAYLA Die Starken ziehen die Schwachen an,
nicht umgekehrt.

SABRINA Bin ich schwach?

LAYLA Heute Nacht träumte ich von einem
reißenden Fluss. Ich schaute ins Wasser, bis mir
schwindlig wurde.

Pause.

LAYLA Auf dem Grund erkannte ich meine Kindheit, aber ich traute mich nicht hinein. Da begann mich jemand zu schupsen.

Kirchenglocken fangen zu läuten an.

SABRINA Ist das die Wandlung?

LAYLA Keine Ahnung.

SABRINA Manchmal habe ich so ein Gefühl, als dürfte ich erst reden, wenn ich gefragt werde.

Pause.

SABRINA Als Kind hat mich keiner gefragt, meine Meinung zählte nicht, ich konnte sie nicht einmal formulieren.

Kirchenglocken beginnen wieder zu läuten.

SABRINA Vielleicht haben wir alle Unrecht.

LAYLA Das glaube ich nicht.

SABRINA Einmal ging ich mit meiner Mutter spazieren. Unerwartet blieb sie stehen und sagte: Da drüben sind die Müllers! Aber es waren nicht die Müllers.

LAYLA So kann man sich täuschen.

SABRINA Dafür verbinde ich heute noch den Namen Müller mit dieser Familie.

Kirchenuhr beginnt zu schlagen.

SABRINA Da ist sie wieder!

LAYLA Wo?

SABRINA Vor der Kirche.

Pause.

SABRINA Sie braucht mich nur anzuschauen, schon werde ich unsicher.

Pause.

SABRINA Weil ich es bin?

Pause.

SABRINA Sie dominiert mich.

LAYLA Du hast zu viel Phantasie.

SABRINA Eine Frau, auf die alle Männer scharf sind?

Pause.

SABRINA Warten sie in der Sakristei auf sie?

Pause.

SABRINA Warum lächelt sie?

*Längere Pause – LAYLA und SABRINA gehen
an die Bühnenrampe, wenden sich lautstark ans
Publikum.*

LAYLA Ich bin auch nicht die, für die ich
gehalten werde.

SABRINA Ich spreche das R nicht so aus wie
die Einheimischen.

LAYLA Ich bin auch nicht von hier.

SABRINA Ich habe einen anderen
Glauben.

LAYLA Bin ich eine Leiharbeiterin, eine
Touristin?

SABRINA Eine allseits bekannte Hure?

LAYLA Ist das Leben umsonst?

SABRINA Sollen wir nur noch das tun,
was andere tun?

LAYLA Kommt man sich dadurch
näher?

SABRINA Was soll man gesehen haben von der Welt?

LAYLA Auch wenn du nur glaubst, dass es anders ist, es ist immer anders.

SABRINA Kirchenglocken wissen mehr als du.

LAYLA Was anders aussieht, sieht nur so aus.

SABRINA Hast du die gleiche Erfahrung gemacht?

LAYLA Hier haben die Nachbarn mehr Rechte als du.

SABRINA Da bist du so viel wie gar nichts.

LAYLA Hier sagen sie, was du dir nicht zu denken traust.

SABRINA Der geht an dir vorbei, ohne zu grüßen.

LAYLA Bei dem musst du kleinlaut deinen Hut ziehen.

SABRINA Hier haben die andern das Wort.

LAYLA Wie viele Gebäude gibt es auf der Welt?

SABRINA Was haben die Kirchen mit mir zu tun?

LAYLA Davon war nicht die Rede.

SABRINA Du willst alles gleich haben, und gleich heißt sofort.

LAYLA Hier sehnen sich die Menschen nach Frieden.

SABRINA Dort gehen sie sich aus dem Weg.

LAYLA Hier ist das Wort nicht mehr das, was es einmal war.

SABRINA Lass mich darüber nachdenken, aber versuche nicht, mich zu beeinflussen.

LAYLA Sag nicht, das ist gut, lass es mich selbst erfahren.

SABRINA Wenn du es auch so siehst, können wir beginnen.

LAYLA Die Leute erwarten zu viel.

SABRINA Obwohl sie die gleiche Sprache sprechen.

LAYLA Der lange Weg, der den kurzen kürzer macht.

SABRINA Das Lied, das am Morgen trauriger klingt als am Abend.

LAYLA und SABRINA beruhigen sich wieder.

SABRINA Siehst du die Wolken am Himmel?

LAYLA Du bist die weiße, ich die schwarze.

SABRINA Ich, du, er, wir, ihr, sie.

LAYLA Sagen wir lieber hell und dunkel.

SABRINA Als junger Mensch stellst du alles in Frage, heute denkst du dir deinen Teil.

LALYA Auch wenn alles so bleibt, wie es ist.

SABRINA Heute weiß jeder schon alles.

LAYLA So und so viel ergibt nach so und so vielen Jahren so und so viel, falls nichts dazwischenkommt.

SABRINA Wer fleißig lernt, hat was vom Leben.

LAYLA Was man so denkt den ganzen Tag.

SABRINA Das wäre eine Aufgabe.

LAYLA Gedanken zählen.

Pause.

LAYLA Siehst du sie noch?

SABRINA Ich habe sie fast schon vergessen.

LAYLA und SABRINA werden wieder lauter.

LAYLA Die Leute fahren mit den Autos in die Stadt, obwohl es zu wenige Parkplätze gibt.

SABRINA Zweihundert Fernsehprogramme rund um die Uhr.

LAYLA Was ist gut, was ist schlecht?

SABRINA Wer beurteilt uns?

LAYLA Einmal nicht die Erwartungen erfüllen.

SABRINA Warum Ja sagen, wenn du Nein meinst?

LAYLA Haben gewisse Gruppen immer Recht?

SABRINA Tu nicht so, als würdest du es akzeptieren.

LAYLA Das Gute hat auch etwas vom Schlechten.

SABRINA Wenn du verklemmt bist, kommt niemand zu dir.

LAYLA Neid und Missgunst, Wegbereiter des Krieges.

SABRINA Hinter jeder Mauer ein Neuanfang.

LAYLA und SABRINA gehen noch näher an die Rampe heran und schreien ins Publikum.

LAYLA Ich bin nicht die, für die ich gehalten werde!

SABRINA Ich bin noch immer eine andere!

LAYLA Die Sprache wurde in ihre Einzelteile zerlegt.

SABRINA Fünfzig Jahre später galt sie nichts mehr.

LAYLA Es geht alles wie von selbst.

SABRINA Nur schauen musst du, dass alles stimmt.

LAYLA Stimmt alles?

SABRINA Hier bekommen die Gegenstände einen anderen Sinn.

LAYLA Hier herrschen andere Gesetze.

SABRINA Kein Blick, der sich lohnte, beantwortet zu werden.

LAYLA Kinder, hergerichtet wie Puppen.

SABRINA Engagierst du dich zu sehr für eine Sache, wird sie dir vermiest.

LAYLA Hier ist die Erde schwarz.

SABRINA Dort ist sie braun.

LAYLA Hier sehen die Tage aus, als hätten sie Überstunden gemacht.

SABRINA Dort haben die Leute nichts zu tun.

LAYLA Hier sind die Regentropfen größer.

SABRINA Dort fallen sie kerzengerade herab.

LAYLA Hier erscheint der Himmel höher.

SABRINA Dort sehen die Frauen begehrlicher aus.

LAYLA Hier reden die Leute auffallend schnell.

SABRINA Dort geht alles sehr langsam.

LAYLA Wer gemächlich geht, muss nicht gleich so denken.

SABRINA Ein unüberlegter Augenblick, und alles erscheint anders.

LAYLA Die leisen, kaum hörbaren Geräusche vor dem Einschlafen, Übergänge in den Traum.

Längere Pause – LAYLA und SABRINA nehmen ihre ursprünglichen Plätze wieder ein und sprechen normal weiter.

LAYLA Manchmal sehe ich in einem Menschen den Tod.

SABRINA Ich auch.

LAYLA Da ist sie wieder.

SABRINA Hab ich mich zu früh gefreut?

LAYLA Sie geht auf uns zu.

SABRINA Sie kommt näher.

LAYLA Näher und näher.

SABRINA Nein, sie geht in die Kirche.

LAYLA Gott sei Dank!

Wieder rollt ein Fußball auf die Bühne. SABRINA spielt mit ihm.

LAYLA Willst du ihn nicht zurückwerfen?

SABRINA nimmt den Ball und wirft ihn ins Publikum.

SABRINA Ist sie das?

Während LAYLA und SABRINA verschwinden, erscheint eine Person auf der Bühne, die LAYLA ähnlich sieht, aber auch SABRINA. Sie bleibt mit dem Rücken zum Publikum stehen. Es wird dunkel. Keine Stimmen mehr. Totale Finsternis. Vorhang.

- ENDE -

Das Korkenspiel

Personen

ERNST
GITTE
BIANCA
ALF

Alf und Bianca haben ihre Stadtwohnung aufgegeben und versuchen in einem abgelegenen Bauernhof auf dem Land sesshaft zu werden. Eines Tages bekommen sie Besuch von Gitte und Ernst, einem befreundeten Paar aus der Stadt. Sie machen es sich bei Kaffee, Kuchen und Wein im Garten bequem, erzählen von ihren Reisen nach Asien, Österreich, Italien, Mexiko und New York. Während Alf und Bianca sich gegenseitig die Beweggründe ihres Neuanfangs zu erklären versuchen, schwärmen Ernst und Gitte von der ländlichen Umgebung. Dabei stellt sich heraus, dass Alf und Bianca von ihrem neuen Nachbarn dominiert werden, die angebliche Idylle nur täuscht, alle vier sich im Grunde nichts zu sagen haben. Ein harmlos erscheinender Nachmittag auf dem Bauernhof, bei dem es am Abend zur Katastrophe kommt.

Erster Akt

Während sich der Vorhang hebt, erscheinen Gitte, Ernst, Alf und Bianca in einem Garten. Ernst und Gitte sehr sportlich, Alf und Bianca in leichter Sommerkleidung. In der Mitte steht ein Holztisch mit vier Stühlen, daneben ein Gartenhäuschen. Im Hintergrund rauscht ein Bach, Pappeln sind zu sehen, Hecken und Sträucher. Alle vier setzen sich und fangen zu reden an. Nach dem ersten Satz merkt man, dass es sich um die Fortsetzung eines Gesprächs handelt, das bereits begonnen hat. Es ist ein ruhiger Sonntagnachmittag, außer dem Plätschern des Baches ist während der Gesprächspausen nichts zu hören. Bianca und Gitte sitzen bereits am Gartentisch. Alf noch mit dem Stuhl in der Hand.

ERNST *aus dem Hintergrund kommend, an Alf gewandt* Und den Rädern, meintest du, kann nichts passieren vor dem Haus?

ALF *setzt sich* Nein, keinesfalls, du hast sie doch abgesperrt!

ERNST *bleibt stehen, blickt sich um* Schön habt Ihr es hier.

BIANCA Ja, ich bin froh, dass das Gartenhäuschen endlich fertig ist.

36

ERNST *nimmt Platz neben Gitte* Stimmt, daran kann ich mich gar nicht erinnern.

GITTE *an Ernst gewandt* Wäre das nicht auch was für uns?

ERNST Nein, so schön kriege ich das niemals hin.

BIANCA Danke, endlich mal jemand, der meine Arbeit zu schätzen weiß!

ERNST Natürlich, so eine Restaurierung ist ja immer ein Riesenakt. Falls du mal einen Handwerker brauchst für dein Bauernhaus, melde dich, ich kenne da einen, der es echt günstig macht.

BIANCA Gerne.

Ernst holt eine Visitenkarte aus der Tasche, und reicht sie Bianca.

BIANCA *blickt auf die Karte* Den rufe ich gleich morgen an.

ALF Überheb dich mal nicht.

BIANCA Ach was!

ALF Am liebsten wärst du doch schon wieder fertig.

BIANCA *gereizt* Weißt du auch warum – weil ich mich immer um alles selber kümmern muss.

ALF Hab ich mich etwa um den Hof gerissen?

BIANCA Du doch nicht!

ALF *grinst* Na also.

BIANCA *blickt Alf finster an* Das ist überhaupt nicht lustig.

Kurze Pause.

ERNST *ablenkend* Wo wart Ihr denn letztes Wochenende?

ALF Ich war zu Hause.

BIANCA Und ich in München, da treffe ich mich manchmal mit ein paar Freundinnen.

ERNST Das ist doch schön!

ALF *abfällig* Von wegen, ich darf dann das Haus hüten.

GITTE *neckisch* Alfi, da tust du mir aber leid.

ERNST *an Bianca gewandt* Bleibst du da über Nacht?

BIANCA Ja, bei einer Freundin.

ERNST Und Alf?

BIANCA Der bewacht den Hof!

Alf schneidet eine Grimasse.

ERNST *wieder an Bianca gewandt* Da geht ihr dann gemeinsam auf einen Drink?

BIANCA Ja, da versacken wir dann.

GITTE Ach, wann ist denn Eure Versackerzeit?

BIANCA So gegen neun.

ERNST Da trinkt Ihr dann nach dem ersten Bier noch ein zweites?

BIANCA *belustigt* Ja, genau.

GITTE Wahnsinn!

ERNST Sodom und Gomorra – zwei Gläser an einem Abend!

GITTE Und das jedes Wochenende!?

BIANCA Nein, da würde mir der Alf aufs Dach steigen!

Allgemeines Gelächter.

ERNST *an Alf gewandt* Und die
Wohnung in der Stadt, habt Ihr die jetzt
aufgegeben?

ALF Schon seit einem halben Jahr.

ERNST *überrascht* Ach!

ALF Ich muss dir aber ehrlich sagen, ich
vermisse die Stadt genauso wie Bianca.

Kurze Pause.

ERNST Wart Ihr denn heute schon
essen?

ALF Wir sind gerade erst zurückgekommen.

ERNST Und, wo wart Ihr?

ALF Beim Kuglerwirt, in Österreich.

ERNST Der in letzter Zeit so viel Werbung
macht?

ALF Genau, da steht der Chef noch persönlich
hinter dem Grill!

BIANCA *schmunzelnd* Der Biergarten hat es
echt in sich.

ALF Allein das Procedere bei der Essensbestellung!

BIANCA *fängt zu lachen an* Die Getränke werden noch von der Bedienung serviert, aber das Essen musst du beim Wirt persönlich bestellen.

ALF Der ist gleich mit jedem per Du.

BIANCA Dem kommt kein Lachen aus. Wenn du vergisst, dein Gericht abzuholen, fängt er zu schimpfen an: HOHL ENDLICH DEIN CEVAPCICI – UNTERHALTEN KANNST DU DICH SPÄTER!

ERNST *verspielt* Nein.

BIANCA Doch!

ALF Als wir zum ersten Mal dort waren, haben wir uns in die Schlange eingereiht und gefragt: Was gibt es denn heute? Da hat er nur auf die Speisekarte gezeigt.

ERNST Und sowas gefällt Euch?

BIANCA Wir fahren da auch nur zum Essen hin.

ERNST Das ist ja ein Überlebenstraining!

BIANCA *verdreht ihre Augen* Klar, aber wenn du dann am Tisch sitzt und den ersten Bissen

im Mund hast, merkst du erst, wie gut es
schmeckt.

ERNST Und dafür fahrt Ihr bis nach Österreich?

ALF Von wegen, bis ans Ende der Welt würden
wir fahren dafür!

Erneutes Gelächter.

ERNST *richtet sich im Stuhl auf* Wir machen
demnächst eine größere Tour.

ALF Ach ja. Und wohin geht's?

GITTE Mein Traum wäre Rom.

ALF Wow!

GITTE Vorerst machen wir aber nur
Venedig–Triest.

ERNST Ich weiß nicht, kennt Ihr Zlatni?

ALF Ehemaliges Jugoslawien, oder Kroatien?

ERNST Nein, Istrien.

ALF Istrien?

ERNST Da geht es bis Porec. *Spricht das C wie
einen Zischlaut aus.*

ALF *übernimmt die Aussprache* Porec, nein, da kenne ich mich nicht aus. In Porec war ich noch nie!

ERNST An die dreihundertfünfzig Kilometer, immer am Mittelmeer entlang.

ALF *verunsichert* Mittelmeer?

ERNST Ja, Venedig.

ALF Venedig?

ERNST Caorle, Bibione, all die Badestrände der Deutschen!

ALF Aber das ist doch Adria?

ERNST Nein, Mittelmeer.

ALF Adria.

ERNST Auch.

ALF *fängt sich wieder* Adria, Teil vom Mittelmeer. Da ist aber der Stiefel dazwischen. Links Mittelmeer, rechts Adria!

ERNST Nein, Riviera.

ALF Ligurisches Meer!

ERNST *grinst* Also gut, links Riviera, rechts Adria.

Kurze Pause.

BIANCA Wenn ich Euch so höre, fällt mir die Kleine von meiner Nichte ein.

ALF Wieso?

BIANCA Die weiß auch alles besser!

ERNST *schmunzelnd* Ach, wie alt ist sie denn?

BIANCA Zehn.

ERNST Für die Pubertät aber noch etwas jung, oder?

ALF Die ist ihrer Zeit längst voraus!

ERNST Mädchen waren immer schon weiter als Buben, aber heutzutage, bei der Evolution! Häufig hängt bei denen ja die körperliche Entwicklung hinter der geistigen zurück.

ALF Du meinst wohl das Gegenteil.

ERNST Aaah, natürlich!

BIANCA *vielsagend* Ich könnte Euch da Geschichten erzählen.

ALF Erzähle sie lieber nicht.

ERNST Und warum nicht?

BIANCA Die Kleine hat schon einen Freund.

ALF Sagt aber zu Hause nichts.

ERNST Ach!

BIANCA *beschwichtigend* Mir erzählt sie alles.

ALF Zu dir hat sie auch mehr Kontakt, trotzdem könntest du etwas strenger sein.

BIANCA Ich zeige ihr schon meine Grenzen!

ALF *blickt kopfnickend in die Runde* Bianca kocht für sie und fragt: Was willst Du denn heute essen, Hähnchen, Fisch, oder Schnitzel? Das ist dann für mich immer der Punkt, wo ich denke, würde ich jetzt auch noch was sagen, wäre der Teufel los.

Bianca gibt Alf einen leichten Schups.

ALF Früher hatten wir mehr Zeit, heute brauchen wir einen Stundenplan.

ERNST Früher war alles anders.

BIANCA *zustimmend* Genau!

ALF Und heute sind wir alt.

ERNST Sag das nicht, ich fühle mich immer noch fit.

GITTE Ich auch.

ALF Genau, am Klicken der Fahrräder hab ich bereits gemerkt, wer da kommt – die Mountainbiker!

ERNST Und dass es heute wieder etwas später werden könnte?!

ALF Ich bin zwar kein Freund von Überraschungen, aber bei Euch ist das immer etwas Anderes.

ERNST *verspielt* Dann kriegen wir also doch noch einen Schluck Weißwein?

ALF Klar! *Verschwindet lächelnd im Gartenhäuschen.*

ERNST *scherzhaft* Einmal verzeihe ich ihm noch!

Alf kehrt mit zwei Gläsern und einer Flasche Weißwein zurück, schenkt ein.

ERNST *verdutzt* Und was ist mit Euch?

ALF Wir haben beim Essen bereits eine Flasche gekippt.

ERNST *gespielt enttäuscht* Na dann!

Alf verschwindet mit der Weinflasche im Gartenhäuschen. Gitte und Ernst prosten sich zu.

ERNST Aah, schön kühl!

GITTE Wunderbar.

Alf kehrt wieder zurück.

ERNST *an Alf gewandt* Sag bloß, du trinkst heimlich?

ALF Was, ich und heimlich!

ERNST Wo ist dann der Wein?

ALF Im Kühlschrank, dass er nicht warm wird.

ERNST Was, warm – bei uns wird nichts warm!

Erneutes Gelächter.

ALF *neigt seinen Kopf* Ich glaube, wir sollten den Sonnenschirm aufspannen. Oder setzen wir uns ins Gartenhäuschen?

BIANCA Wie du meinst.

ALF *steht auf* Rücken wir einfach den Tisch zur Seite!

Ernst und Gitte heben mit Alf den Tisch hoch, während Bianca ins Gartenhäuschen geht.

ALF *leitend* Mehr nach hinten. Stopp, nicht so weit! Seht Ihr das Loch im Rasen, da muss der Sonnenschirm rein.

ERNST Ja, ich hab's gesehen!

Bianca kommt mit einem großen Sonnenschirm zurück, steckt ihn in das Loch, spannt ihn umständlich auf. Alf und Ernst schieben den Tisch hin und her, bis er im Schatten steht.

BIANCA *leicht erschöpft* Passt, oder?

ERNST Bestens!

Alf, Bianca, Gitte und Ernst rücken ihre Stühle zurecht, und setzen sich wieder. An Gittes Platz kommt noch etwas Sonne, aber sie beschwert sich nicht.

BIANCA *an Alf gewandt* Ein Glas Mineralwasser wäre jetzt nicht schlecht.

Alf steht auf, geht ins Gartenhäuschen, kehrt mit zwei Gläsern und einer Flasche Wasser zurück, schenkt erst Bianca ein, dann sich selbst.

ERNST Und, schmeckt das?

ALF Mineralwasser aus Italien!

ERNST Was?

ALF *gespielt unterwürfig* Für Bianca.

BIANCA *hebt ihr Glas* Auf unser Gartenhäuschen!

Gitte und Ernst prosten Bianca zu. Auch Alf nimmt sein Glas, blickt kurz in die Runde, steht auf und geht zum Sonnenschirm, neigt ihn etwas zur Seite, so dass Gitte mehr Schatten bekommt.

GITTE Danke, sehr aufmerksam!

BIANCA Aah, unser Gentleman.

Alf geht nicht darauf ein, verschwindet im Gartenhäuschen, kehrt mit einem Teller voll Nüssen zurück, stellt ihn auf den Tisch und nimmt wieder Platz.

ERNST *an Alf gewandt* Erdnüsse, gute Idee!

ALF Das freut mich aber, dass du die magst.

ERNST *öffnet eine Nuss, wirft die leere Hülse in den Teller zurück* Darf ich doch, oder?

ALF Natürlich, du immer!

ERNST *betrachtet die Flaschen und halbgefüllten Gläser* Fast wie am Neusiedler See.

ALF Was, Neusiedler See, Burgenland?

GITTE Ja, da waren wir letztes Wochenende.

ALF *gespielt vorwurfsvoll* Und das sagt Ihr uns erst jetzt?!

ERNST Da war zufällig ein Weinfest.

GITTE *schmunzelnd* Da haben wir jede Menge Weine probiert!

ERNST Weißwein, Rotwein, alles, was das Herz begehrt.

Kurze Pause.

ERNST Das Fest ist für die Winzer aber immer ein Draufzahler.

ALF Draufzahler?

ERNST Drei Tage lang Weinverköstigung, das wird teuer!

ALF Warum machen sie es dann?

Bianca steht auf und geht ins Gartenhäuschen.

ERNST Es ist mehr so ein Mittel zum Zweck. Man zahlt zwanzig Euro Eintritt, bekommt einen Korken um den Hals gehängt, und kann dafür drei Tage lang Weine aus der Umgebung probieren.

Kurze Pause.

ALF Was trinkt man denn da so am Tag?

ERNST Keine Ahnung, wie viel du trinkst.

ALF Zwei Liter vielleicht, maximal.

ERNST *fängt zu lachen an* Mein lieber Alf, da kommt einiges zusammen, drei Tage lang, mehr als dreißig Winzer, und wir haben nicht mal die Hälfte geschafft!

Bianca kommt mit einem Korb Holzscheite aus dem Gartenhäuschen, schlichtet sie in gebührendem Abstand links vom Tisch zu einer Pyramide auf.

ERNST *Bianca hinterherblickend* Auf dem Fest gibt es Weine aus der ganzen Region. Da probierst du einen Roten, einen Rosé, einen Weißen, du fühlst dich wie im Paradies. *Grinsend.* Da probierst du und probierst du!

ALF Und das ist der Draufzahler?

ERNST Jeder Winzer kriegt von den zwanzig Euro einen Anteil. Ich weiß nicht, geht es nach Hektar oder Anbaugebiet, jedenfalls zahlen die alle drauf.

ALF Am Ende des Jahres sagen die bestimmt nicht, was sie eingenommen haben.

ERNST Da sind eine Masse Menschen unterwegs, die nicht nur billige Weine probieren!

ALF Sagte ich doch, drei Tage Draufzahler, und am Ende ein Riesengewinn.

ERNST Glaub mir, das Fest ist ein Draufzahler!

BIANCA *aus dem Hintergrund* Fangt bitte nicht zu streiten an.

Kurze Pause.

ALF So ein Fest würde mir besser gefallen als Rügen.

ERNST Wieso Rügen?

ALF Bianca macht demnächst eine Schifferlfahrt.

BIANCA *kehrt an ihren Platz zurück* Eine Kreuzfahrt ist das! Rund um die Insel Rügen!

ALF Mit Kalksteinfelsenbesichtigung?

BIANCA Stimmt, und die letzte Station ist Strahlsund! Von dort aus fahren wir mit dem Zug wieder nach Hause.

ALF Willst du nicht sagen, warum du das machst?

BIANCA Ganz einfach, weil mich die Städte im Norden interessieren.

ALF Nicht weil du es im Fernsehen gesehen hast?

BIANCA *gereizt* Natürlich hab ich es im Fernsehen gesehen, aber das sind Städte und Orte, die mich wirklich interessieren. Städte mit alten Backsteinbauten! Acht Tage lang schauen wir uns das an, ich und meine Freundin.

ERNST *an Alf gewandt* Und du?

ALF Auf einem Schiff eingesperrt sein, mit Tausend anderen Touristen? Nein, da mache ich lieber eine Fahrradtour.

BIANCA Kannst ruhig neben uns herfahren, wenn du willst, ich jedenfalls muss wieder mal was anderes machen, nicht nur Radfahren und Bauernhofrenovieren!

Kurze Pause.

ERNST Wann soll's denn losgehen?

BIANCA Nächsten Monat.

ERNST *hebt sein Glas* Also dann, auf Rügen!

BIANCA Ja! Danke!

Ernst und Gitte prosten Bianca zu.

ALF *für sich allein* Auf die Kalksteinfelsen!

Kurze Pause.

ERNST *an Alf gewandt* Was machst du denn in der Zeit, wenn Bianca weg ist, bist du da in München, oder?

ALF Nein, inzwischen ist es so, dass ich fast keine Freunde mehr habe, weil ich so ein Karriereschwein war, früher, da wollte keiner mehr was mit mir zu tun haben, die hatten alle Angst vor mir, alle, außer ein paar Eingefleischte.

Kurze Pause.

ALF *schmunzelnd* Ihr natürlich ausgenommen!

ERNST Das will ich aber hoffen.

Kurze Pause.

ALF Einen guten Bekannten hab ich noch,
wenn der Zeit hat, geht's meistens bei mir nicht,
und wenn ich Zeit habe, geht's nicht bei ihm.
Der hat drei Töchter, alle sehr gescheit, eine
lebt in Wien, und die andere in Innsbruck, die
dritte in Hamburg, die ist Ärztin, hat in Paris
studiert, ihren Abschluss gleich auf Französisch
gemacht.

Kurze Pause.

ALF Hin und wieder besuche ich auch den
Inhaber vom Feinschmeckerladen, bei dem
ich mir oft einen Happen geholt habe, weil der
seinen Laden gleich um die Ecke hatte, oder
ich ließ mir von ihm gleich ein Menü ins Büro
bringen. *Kurze Pause.* Ich glaube, der ist
drei Jahre älter als ich, aber immer noch gut
beieinander, war früher ein richtiger Rumtreiber,
aber sympathisch, erzählt mir manchmal
Geschichten aus seiner Vergangenheit, hat jedes
Jahr seine Schwester in Amerika besucht, fliegt
jetzt aber nicht mehr so oft rüber, glaube ich, weil
er Geldsorgen hat, trotzdem, ein angenehmer
Zeitgenosse!

*Ernst beobachtet Gitte und Bianca, die etwas
gelangweilt am Tisch sitzen.*

ALF So ratschen wir halt manchmal ein bisschen, wenn er gerade keine Kundschaft hat, und ich gehe dann wieder durch die Straßen von München. Oder ich besuche gleich daneben den Buchhändler, der aber nicht mehr sonderlich interessiert ist an mir.

Kurze Pause.

ERNST Wir waren an Ostern in London, dagegen ist München ein kleines Dorf.

ALF Schon möglich, aber ich liebe dieses Dorf!

Kurze Pause.

ALF Ich war vorletztes Jahr in Berlin, das ist echt kalt.

ERNST Berlin, natürlich, das hat sich verändert.

ALF Weitläufig, und ohne Wärme, ein richtiges Kaff ist das im Vergleich zu München!

Kurze Pause.

ALF Ich weiß gar nicht, was alle mit Berlin haben?

ERNST London, das ist die Stadt!

ALF Ich habe herausgefunden, wenn man in einer Stadt leben will, mit Flair und Atmosphäre, wäre München die Stadt schlechthin. Ich weiß jedenfalls diese Stadt jetzt viel mehr zu schätzen als früher.

ERNST Weil du nicht mehr dort bist.

ALF Genau.

Kurze Pause.

ALF Groß, aber nicht zu groß. Nicht zu klein, trotzdem kuschelig. Umweltkatastrophen, Überschwemmungen, Erdbeben, das alles gibt es in München nicht.

Kurze Pause.

ALF Allein New York hat mich mehr fasziniert als München.

ERNST Das kann ich jetzt fast nicht glauben.

ALF Manhattan, das war der Hammer!

ERNST Klar, Hauptstadt der Welt.

ALF Wahnsinn!

Kurze Pause.

ERNST Wie lange wart Ihr denn dort?

ALF Eine Woche, davon haben wir aber zwei Jahre lang gezehrt.

Kurze Pause.

ALF Ob mich die Stadt heute noch so faszinieren würde, ich weiß nicht.

ERNST Von New York geht immer eine Faszination aus. Das ist einfach eine irre Stadt!

ALF Du hast recht, ich bin viel herumgegangen, und es war immer ein Erlebnis, Herbst, und Indian Summer, kennst du ja, da gab es eine Busfahrt nach Washington, Pennsylvania, das haben wir aber nicht gemacht.

Kurze Pause.

ALF Wir sind immer sehr früh aufgestanden, haben gleich in einem Coffee-Shop gefrühstückt. Das hat mich fasziniert, dass da ein Kellner kommt und nachgießt: Do you want more Coffee? Spiegeleier, Speck, Orangensaft und Marmelade, Brötchen. Und gleich noch einmal: Once more Coffee?

Bianca und Gitte rücken näher zu Alf und Ernst heran.

ERNST Wann wart Ihr denn in New York?

ALF Ich glaube, zehn Jahre ist das jetzt her.

Kurze Pause.

BIANCA Ja, das hat sich mehr oder weniger zufällig ergeben! Wir wollten zuerst nach Florida, aber die Reise war schon ausgebucht, so hat uns das Reisebüro New York angeboten.

ALF Ich hab es bis heute nicht bereut. Obwohl wir so viel Negatives gehört haben. Mord und Totschlag, und die ganze Kriminalität. Um Gottes Willen, New York, sollen wir uns das antun? Aber es war eine Reise mit Führer, Stadtrundfahrt, Schifferlfahrt auf dem Hudson River, und am letzten Tag gab es auch noch einen Hubschrauber-Rundflug.

BIANCA *schmunzelnd* Ich hab so viel Angst gehabt, und dabei drei Filme verschossen, rein in den Hubschrauber, und vor lauter Nervosität nur noch fotografiert.

ALF *an Bianca gewandt* Tolle Aufnahmen sind das geworden, ja, und als wir ausgestiegen sind, hast du gesagt: Wo sind wir denn jetzt gelandet, wo waren wir denn? Direkt über Manhattan, hab ich gesagt, Nationalpark, Times Square!

Kurze Pause.

ERNST Du meinst Central Park?

ALF Natürlich!

Kurze Pause.

ALF Bianca hat Superaufnahmen gemacht.

BIANCA *abwertend* Lauter Zufallstreffer.

ALF Nein, ganz große Klasse!

Kurze Pause.

GITTE Wir haben Anfang des Jahres auch ein Highlight erlebt.

Kurze Pause.

ERNST Zwei Wochen China.

ALF Ach ja?

Kurze Pause.

ERNST Anschließend vier Wochen Burma.

Alf steht kurz auf, und setzt sich wieder.

ERNST Zum ersten Mal Burma, weil das jetzt möglich ist, über Land. *Kurze Pause.* Burma ist ja eine Diktatur, da kam man nur mit dem Flieger rein, früher. Jetzt aber über Land, also, von Kunming aus.

ALF *verwundert* Kunming?

ERNST Kunming, ja, ich hab nachgeschaut auf der Karte, wo das ist. Die Stadt hat sieben Millionen Einwohner.

Kurze Pause.

ERNST Sieben Mal so groß wie München! Ich hab nie was gehört davon. Kunming, ja, ich wusste schon, das ist eine Stadt irgendwo im Süden von China, über zweitausend Meter hoch, aber dass es so ein Riesending ist?!

ALF Da wurlt es nur so, oder?

ERNST Nein, eigentlich nicht. Wir haben da gar nicht viel gemerkt davon, wir waren im Zentrum, nein, eigentlich nicht.

Kurze Pause.

ERNST Von da aus sind wir nach Burma. Mit einem Führer natürlich. *Kurze Pause.* Ich sag Euch, traumhaft!

Kurze Pause.

GITTE Wirklich irr!

Kurze Pause.

ALF Kann man da überhaupt noch schlafen, bei so viel Eindrücken?

ERNST Wir sind Tag und Nacht unterwegs gewesen, das sind ja Riesenentfernungen, unglaublich!

GITTE Da fällst du am Abend ins Bett und schläfst ein.

ALF Keine Träume?

ERNST Nein, erst zuhause. Wochen später träumst du vielleicht, oder wirst erinnert durch ein Meldung in der Zeitung, und denkst: Ah, da waren wir ja!

GITTE *zustimmend* Genau!

Kurze Pause.

BIANCA Wie habt Ihr denn die Reise organisiert?

ERNST China haben wir von hier aus gebucht. Eine Privattour, weil in einer Gruppe würden wir das nicht machen. Wir haben alles privat gebucht. Ab Burma waren wir dann allein.

BIANCA Und die Unterkünfte?

ERNST Sehr sauber.

BIANCA Ja?

GITTE Ja, extrem sauber, die haben Damast-Bettwäsche gehabt, auch die Leintücher im gleichen Stoff, und die Kissen, alles blitzsauber.

ERNST Wir waren ja jede Nacht in einem anderen Hotel.

BIANCA Wahrscheinlich keine Luxushotels.

ERNST Für die Einheimischen waren das Luxushotels, aber nicht für uns.

BIANCA Verstehe.

ERNST Die haben da andere Maßstäbe.

BIANCA Klar.

ERNST Wir waren hauptsächlich auch nur in kleinen Orten.

BIANCA Ja?

ERNST Außer Kunming waren das lauter kleine Orte, aber sehr geschichtsträchtig!

Kurze Pause.

BIANCA Und der Führer, hat der deutsch gesprochen?

ERNST Man konnte wählen zwischen deutsch, französisch und englisch. Deutsch hätte uns fünfhundert Euro mehr gekostet.

GITTE Wir hatten einen Führer, der sehr gut Englisch konnte!

ALF Man weiß sowieso nach einem halben Jahr nichts mehr, oder?

ERNST Man behält nicht mehr viel, ja, das stimmt.

GITTE Die geschichtlichen Hintergründe, natürlich, Kulturrevolution und so, er hat aber auch was vom Land erzählt, was da angepflanzt wird, wie die Sträucher heißen, und was da früher gebaut wurde, welcher Kaiser und so weiter.

Ernst fängt an zu schmunzeln, blickt auf die leeren Gläser, dann zu Alf.

ALF *steht auf, geht ins Gartenhäuschen, kommt mit zwei neuen Gläsern für sich und Bianca und einer neuen Flasche Weißwein zurück, öffnet sie und schenkt der Reihe nach ein* Entschuldigung, vor lauter China, Kunming und Burma hab ich ganz vergessen nachzuschenken!

Alle vier heben ihre Gläser, und prosten sich zu.

BIANCA Also, wir haben letztes Jahr in Mexiko eine Rundreise gemacht, Halbinsel Yucatan, auch mit Führer.

Alf bringt die fast leere Weinflasche wieder ins Gartenhäuschen, kehrt zurück, bleibt unschlüssig vor dem Tisch stehen.

BIANCA *an Ernst gewandt* Kennt Ihr Mexiko?

ERNST Mexiko, klar!

Kurze Pause.

BIANCA Also, dieses Yucatan, das ist sehr geschichtsträchtig, und Mexiko, selbst wenn du dir die Namen der Götter nicht merkst, allein die Bauten sind schon beeindruckend.

ALF Das Wichtigste waren für mich die Eindrücke, ohne den Führer nachzuplappern, weil man wird ja mit Informationen nur so zugeschüttet, und immer nur im Sinne von diesem oder jenem Staat.

ERNST Ja, das stimmt.

Kurze Pause.

ALF *setzt sich wieder* Die schönsten Jahre haben wir aber in Italien verbracht!

BIANCA Italien, das war unser Paradies!

Kurze Pause.

BIANCA Leider haben wir die Wohnung nicht mehr.

GITTE Wieso?

ALF Bedauerlicherweise hat der Vermieter Eigenbedarf angemeldet.

Kurze Pause.

ALF Wir waren ja da die Hausherren, die Aussicht allein war schon ein Traum, der Balkon, abends, wenn die Lichter angingen auf den Hügeln, eine riesengroße Wohnung war das, und für uns allein, ganz oben in einem Haus, am südlichsten Zipfel des Ortes!

BIANCA Die Aussicht, einmalig, bis in den Apennin hinein haben wir da gesehen, und nachts die Lichter auf den Hügeln, das Meer!

ALF Jedes Jahr wieder, als wären wir nie dort gewesen.

Kurze Pause.

BIANCA Da ist das hier gar nichts im Vergleich!

ERNST *abwehrend* Na! Na! Na! Nun übertreib mal nicht!

ALF Doch, Bianca hat recht!

Kurze Pause.

ERNST Könnt Ihr denn das nicht wieder bekommen?

BIANCA NO RETURN, hat der Vermieter gesagt.

ALF Der Mietvertrag ist abgelaufen.

BIANCA Er braucht jetzt die Wohnung für seine Tochter.

Kurze Pause.

GITTE Aber Ihr könntet doch wieder mal hinfahren, vielleicht in einem Hotel übernachten, ein bisschen rumschauen, ob sich was Ähnliches findet.

Kurze Pause.

BIANCA Nein, das war der Glückstreffer, den du nur einmal im Leben hast.

Kurze Pause.

ALF Wir konnten da hinfahren, wann immer wir wollten!

BIANCA Wir haben vorher den Vermieter angerufen, und er hat die Fenster aufgemacht, durchgelüftet.

ERNST Natürlich, so was ist super.

ALF Einmal hat er sogar die Wohnung durchgeputzt.

Kurze Pause.

BIANCA Wir sind ausgestiegen aus dem Auto und haben uns wie zu Hause gefühlt.

Kurze Pause.

BIANCA Es war einfach wunderbar!

Kurze Pause.

ALF Immer wieder haben wir uns gefragt, sollen wir die Wohnung kaufen oder nicht?

Kurze Pause.

BIANCA Dann ist uns der Bauernhof dazwischengekommen.

ALF Nein, der Bauernhof war deine
Idee!

Kurze Pause.

GITTE Könnt Ihr Euch denn da keine Pension
mieten?

ALF Könnten wir schon, aber es wäre nie mehr
so wie früher.

Kurze Pause.

ALF Wir hatten alles in der Wohnung, Messer
und Gabel, Töpfe, wir waren da wie zu Hause,
alles war da, Kaffeemaschine, Bettüberzug,
alles, fix und fertig eingerichtet, einfach
alles!

Kurze Pause.

BIANCA Wir haben da unsere Liegestühle und
Sonnenschirme beim Vermieter gelassen, wir
waren da nicht in irgendeinem Hotel, wo man nur
drei Quadratmeter vom Strand zugeteilt
bekommt.

ALF Wir waren bei den Einheimischen am
Strand, die uns schon von weitem gegrüßt haben,
wenn wir kamen!

Kurze Pause.

ALF Ich bin ja nicht der große Schwimmer, der dreihundert Meter hinausschwimmen muss, nein, immer bis zu den Wellenbrechern, weiter nicht, das war die Grenze, daran haben wir uns gehalten.

Kurze Pause.

ERNST *herausfordernd* Alf, wenn du wolltest, könntest du doch sofort losfahren? Einfach von heute auf morgen, irgendwohin!

Kurze Pause.

ALF Du hast recht, aber ich kann Bianca nicht allein lassen mit dem Bauernhof.

BIANCA *erstaunt* Was, den Bauernhof mache ich doch mit links!

ALF Aah, da schau her, jetzt auf einmal!

BIANCA Hab ich dir nicht immer gesagt, fahr los, wenn du fahren willst?

Kurze Pause.

BIANCA *an Ernst gewandt* Ich täte das nicht schaffen alleine, schau ihn nicht an, dass ich nicht lache!

ERNST *schmunzelnd* Also dann!

GITTE Bianca, das finde ich jetzt aber nett.

ALF *an Gitte gewandt* Was findest du nett?

GITTE Ich finde das einfach nett von dir.

BIANCA Was findest du nett?

GITTE *an Bianca gewandt* Er kümmert sich so um dich! Also, wenn das keine Liebeserklärung ist?

ALF Ist doch wahr!

GITTE *an Bianca gewandt* Das heißt doch OHNE MICH KANNST DU NICHT SEIN!

BIANCA Nein, das heißt ganz einfach, dass er ohne mich nicht fahren will.

ALF *an Bianca gewandt* Du wärst doch aufgeschmissen ohne mich!

BIANCA Ja, ja, sprich dich nur aus.

ALF *gespielt drohend* Sag's zwei Mal, und ich fahre!

BIANCA Wohin denn?!

ALF Ins Hotel BELLA VISTA.

BIANCA Schau ihn nicht an!

ALF *in die Runde blickend* Bella Vista – das war die erste Anlaufstelle, da sind wir fast ausgeflippt, als wir ankamen, das kleine Hotel auf dem Hügel, mit Blick aufs Meer, wir konnten es gar nicht fassen!

BIANCA *zustimmend* Ja, und die Landschaft, einmalig, spätabends hab ich da zum ersten Mal eine Nachtigall gehört, und tausend Glühwürmchen ringsumher!

Kurze Pause.

ALF Da gibt es einen Hohlweg mit Sträuchern, total verwildert und zugewachsen, da gehst du und denkst, du bist im Märchen.

Kurze Pause.

ERNST *schmunzelnd* Also, Alf, ich frage dich ernsthaft: Was machst du überhaupt noch hier?!

ALF Wenn ich das wüsste!

Kurze Pause.

ERNST Du weißt es nicht?

Kurze Pause.

ERNST Ich beneide jeden, der auf der Stelle losfahren könnte.

ALF Kann ich aber nicht.

Kurze Pause.

ERNST Ich würde die allerletzte Pension nehmen.

Kurze Pause.

ERNST Nur um von hier wegzukommen.

Gitte macht ein finsteres Gesicht.

ERNST Aber ich mach's auch nicht.

ALF Wieso?

ERNST *mit Blick auf Gitte* Ihr zuliebe!

GITTE *mit hochgezogenen Augenbrauen* Echt wahr?

ALF *an Gitte gewandt* Glaub ihm halt auch mal was!

Kurze Pause.

ALF Mir geht es nämlich so ähnlich.

BIANCA *leicht hämisch* Jaja, das wissen wir
schon!

Kurze Pause.

BIANCA *auffordernd* Komm, Gitte, gehen wir
in mein Büro!

GITTE Ja?

BIANCA *entschlossen* Ja!

Bianca und Gitte stehen auf und gehen.

ERNST *ruft Gitte und Bianca hinterher* Was
macht ihr denn?

ALF Ich kann es dir schon sagen, Bianca zeigt
jetzt Gitte ihre Fotos.

*Bianca und Gitte verschwinden hinter dem
Gartenhäuschen.*

ERNST *neugierig* Was sind denn das für Fotos?

ALF Keine Ahnung, ich glaube, sie will nur
angeben damit.

ERNST *Bianca und Gitte laut hinterherrufend*
Also dann, viel Spaß!

Kurze Pause.

ERNST *an Alf gewandt* Versuch es doch einfach!

ALF Was?

ERNST Fahr weg, lass es krachen!

Kurze Pause.

ERNST Wenn die Beziehung im Eimer ist, ist sie halt im Eimer!

ALF Was redest du da?

ERNST Meinst du, ich bin blind?

ALF Wie bitte?

ERNST Glaubst du ich merke nicht, dass es bei Euch nicht mehr stimmt?

Kurze Pause.

ALF Na, und bei Euch?

Ernst nickt mit dem Kopf.

ALF Ich bin mir nicht sicher, ob das die Wahrheit wäre, wir sind dreißig Jahre verheiratet, da weiß man, was der andere will, und was nicht, manchmal denke ich, wenn etwas Neues käme, wäre es nicht mehr so schlimm, von wegen, dann kommt der Tote Punkt.

Kurze Pause.

ALF Wir sind schon so weit auseinander, und der Bauernhof, von dem wir dachten, er würde uns wieder zusammenbringen, macht alles noch viel schlimmer.

ERNST Ach ja?

Kurze Pause.

ALF Einmal will ich allein sein, dann wieder nicht!

Kurze Pause.

ALF Dann denke ich, in einer neuen Beziehung könnte es funktionieren.

Kurze Pause.

ALF Ich war schon einmal so weit, dass ich dachte: Jetzt gehe ich!

Kurze Pause.

ALF Und jetzt bin ich immer noch bei ihr.

Kurze Pause.

ERNST Ich glaube, du versuchst dir ständig einen Rückweg offen zu halten, für den Fall, dass es nicht klappt?

Kurze Pause.

ALF Alles, bloß nicht mit Gewalt!

Kurze Pause.

ERNST Wenn du sagst, du willst es, dann solltest du es machen, schlussendlich auch mit Gewalt.

Kurze Pause.

ALF Wenn eine Frau auf mich zukäme, für die ich mehr empfinden würde, ja.

Kurze Pause.

ALF Das müsste aber eine sehr starke Frau sein.

Kurze Pause.

ERNST Man wird ja nicht jünger.

Kurze Pause.

ALF Wie meinst du das?

Kurze Pause.

ERNST Das Leben ist immer zu kurz für ein ganzes Leben.

ALF *fast spöttisch* Was du nicht sagst!

Bianca und Gitte kehren zurück, setzen sich wieder, fangen zu kichern an.

ALF Warum lacht Ihr?

Bianca und Gitte gehen nicht darauf ein.

ALF *an Bianca gewandt* Was habt Ihr gemacht?

Kurze Pause.

ALF Fotos angeschaut?

GITTE *immer noch kichernd* Stimmt! Woher weißt du das?

Alf blickt Ernst vielsagend an.

BIANCA New York von oben!

Kurze Pause.

GITTE Die ganze Serie.

ERNST *überrascht* Aah, die würde ich auch gerne mal sehen!

BIANCA Gerne, jederzeit.

Kurze Pause.

ALF Ein Grund mehr, dass Ihr wieder kommt!

Kurze Pause.

GITTE Wir bringen dann unsere Fotos von China und Burma mit.

Kurze Pause.

BIANCA *hebt ihr Glas* Genau! Auf unser Wiedersehen!

Alle vier fangen zu lachen an, prosten sich zu und trinken aus.

ERNST *greift in den Teller mit den Erdnüssen* Die mag ich für mein Leben gern.

BIANCA *schmunzelnd* Und – was noch?

ERNST Rosé.

BIANCA Keinen Roten?

ERNST Doch, Rotwein auch.

BIANCA *schnell* Dann fahren wir also ins Burgenland?!

ERNST Burgenland, klar.

BIANCA Du und ich?

ERNST Abgemacht!

GITTE *an Alf gewandt* Und wir zwei?

ALF Passen auf den Hof auf!

GITTE *verspielt* Sonst nichts?

Alf flüstert Gitte etwas ins Ohr.

GITTE *mit verträumtem Blick* Ja, genau!

ERNST *gekünstelt* Bitte, keine Geheimnisse!

Alf legt einen Finger an den Mund, Gitte fängt zu kichern an.

ERNST *laut* Na dann, Proost!

Alf geht ins Gartenhäuschen, kommt mit einer neuen Weißweinflasche zurück, stellt sie vor Ernst auf den Tisch, und setzt sich wieder.

ERNST Da fällt mir ein, ich muss kurz zu den Rädern. *Steht auf und verschwindet hinter dem Gartenhäuschen.*

GITTE *mit beiden Händen die Weinfalsche umklammernd* Kühlschrank im Gartenhäuschen, gute Idee!

ALF Wir hätten auch einen Sektkübel.

GITTE *schmunzelnd* Nein, so was brauchen wir nicht.

Kurze Pause.

ERNST *kehrt wieder zurück, setzt sich und hält demonstrativ einen Schlüsselbund in die Höhe* Hausschlüssel, die hab ich in der Fahrradtasche vergessen!

Kurze Pause.

BIANCA *an Ernst gewandt* Sag mal, seid Ihr die ganze Strecke mit den Fahrrädern gefahren?

ERNST Nein, erst im Zug bis zum Bahnhof. Dann mit den Rädern zu Euch.

BIANCA Und wenn es später werden sollte?

ERNST *verschmitzt* Dann bleiben wir über Nacht!

ALF Kein Problem, im Heustadel hätten wir genügend Platz.

GITTE Aaah, darauf freue ich mich jetzt schon!

Ernst fängt zu kichern an.

GITTE *an Ernst gewandt* Glaubst du mir nicht!?

ERNST Hab ich etwas gesagt?

GITTE Nein, aber gedacht!

ERNST Woher willst du das wissen?

GITTE Weil ich es weiß.

ERNST Was?!

BIANCA Lieber Ernst, sei friedlich, sonst darfst du nicht übernachten bei uns!

Ein leiser Klingelton ist zu hören. Ernst holt umständlich ein Handy aus der Tasche, drückt auf eine Taste, steckt das Handy wieder ein.

BIANCA *an Gitte gewandt* Wenn Ihr wollt, bringe ich etwas Kaffee.

GITTE Gerne!

Erneuter Klingelton, Ernst öffnet das Handy, steht auf und verschwindet damit hinter dem Gartenhäuschen.

GITTE *spitz* Ganz wichtig hat er es auf einmal!

ALF Vielleicht der große Auftrag.

GITTE *abwertend* Die Zeiten sind vorbei.

Bianca geht ins Gartenhäuschen, Alf merkt, dass Gitte wieder in der Sonne sitzt, steht auf, neigt den Sonnenschirm zur Seite, bis sie genügend Schatten hat.

GITTE Das ist aber lieb!

ALF *schmunzelnd* Ich konnte dich einfach nicht mehr leiden sehen!

Bianca kommt aus dem Gartenhäuschen mit einer Kanne Kaffee, Tassen und Teller, verteilt sie auf dem Tisch. Alf hilft ihr dabei.

GITTE *beugt sich auf die Seite, schaut Richtung Gartenhäuschen* Was macht er bloß, man hört ihn nicht.

ALF Womöglich die Freundin?!

Bianca wirft Alf einen strafenden Blick zu.

ALF *setzt sich wieder* War nur so ein Gedanke!

BIANCA *schenkt Gitte Kaffee ein, betrachtet verlegen ihre Tasse* Sag mal, ist das jetzt ein Fleck, oder täusche ich mich? *Aufgeregt.* Nein, die ist ganz verschmiert! *Nimmt Gittes Tasse und verschwindet damit im Gartenhäuschen, während Ernst um die Ecke kommt.*

ALF *verspielt* Ja, Ernst, wo kommst du denn her?

ERNST *schmunzelnd* Ich hab mich hinters Gartenhäuschen gesetzt und dem Plätschern des Baches zugehört.

ALF Du, die Stelle ist gefährlich, da wäre ich beinahe mal ertrunken.

ERNST *überrascht* Was?

ALF Da wollte ich einmal bei Kerzenlicht nur schnell ein paar Gläser wegräumen, und schon war's passiert.

Bianca kehrt mit einer sauberen Tasse zurück, schenkt Gitte frischen Kaffee ein.

ALF Glaub mir, der Bach wird unterschätzt, in Wahrheit ist das ein reißender Fluss, mehr als zwei Meter tief, und hinter dem Grundstück geht's ab in den unterirdischen Kanal!

ERNST *verwundert* Wann war denn das?

BIANCA Ziemlich am Anfang, als unser Badezimmer noch nicht fertig war. Da habe ich Alf gleich mit sämtlichen Handtüchern abgeschrubbt, die ich zur Verfügung hatte. Eiskalt war er, und geschlottert hat er wie ein Hund!

ERNST *schmunzelnd* Ich hoffe, du bist dann mit ihm gleich ins Bett, und hast ihn aufgewärmt?

BIANCA Klar!

Kurze Pause.

ALF Das Bad ist zwischenzeitlich fertig, aber das Wohnzimmer sieht aus wie zuvor, Türen ohne Beschlag, Leitungen nicht verlegt, Wände nicht verputzt, alles nur wegen der elektrischen Wandheizung!

Das Handy fängt an zu klingeln, hört aber gleich wieder auf.

ALF Das mit der Wandheizung war natürlich Biancas Idee.

BIANCA Klar, von dir kommt ja nichts!

Kurze Pause.

GITTE *an Ernst gewandt* Mit wem hast du denn vorher telefoniert?

ERNST Keine Ahnung.

GITTE Muss ich das jetzt glauben?

ERNST Falsch verbunden.

GITTE Ach ja?

Kurze Pause.

ERNST Morgen schmeiße ich das Handy weg!

GITTE Das sagst du, seit du ein Handy hast.

Bianca verschwindet im Gartenhäuschen, kehrt mit einem Apfelkuchen zurück, und verteilt ihn.

ERNST *euphorisch* Wirklich schön habt Ihr es hier!

BIANCA *an Alf gewandt* Sage ich es nicht immer?

ALF Eigentlich wollte ich nie hierher.

BIANCA *spitzfindig* Und uneigentlich?

ALF Bitte, hör auf, du bist es doch, die es nicht aushält hier, immer nach München fahren muss, oder?

Gitte und Ernst fangen zu essen an.

BIANCA Warte, bis alles fertig ist, dann haben wir hier das Paradies.

ALF Mir kommen gleich die Tränen.

GITTE *an Alf gewandt* Ist es so schlimm?

ALF Vielleicht verkrafte ich die Umstellung nicht.

GITTE Welche Umstellung?

ALF Oder das Alter.

GITTE Alfi, du bist doch nicht alt.

ALF Wahrscheinlich hast du Recht.

Kurze Pause.

BIANCA *blickt fragend in die Runde* Schmeckt wenigstens der Apfelkuchen?

GITTE Wunderbar.

ERNST Der hat mich gleich an Südtirol erinnert!

BIANCA Südtirol?

ERNST Ja, da gibt es doch diese endlosen Apfelplantagen.

Kurze Pause.

ERNST Da hab ich am Wochenende meinen Sohn besucht, der studiert doch da unten, aber es ist nicht mehr schön, alles so steril und überkandidelt, die Häuser wie hingemalt, und die durchgezogenen Linien auf den Straßen, dass man ja nicht mehr überhohlen kann.

GITTE *streng* Bitte, hör auf!

Kurze Pause.

ERNST *an Bianca gewandt* Kann ich noch etwas Kaffee haben?

GITTE Natürlich. *Schenkt Kaffee nach.*

ERNST Danke!

Kurze Pause.

ERNST Auf dem Heimweg hab ich noch etwas gekauft, weil alle gesagt haben, bei dem Autogrill am Brenner musst du halten, da musst du einkaufen! Und was haben sie mir angedreht: Wildschwein- statt Hirsch-Salami! Das hab ich natürlich erst zu Hause gemerkt.

ALF Das war bestimmt ein Versehen. Weil so, wie die Leute immer reden, sind die Italiener gar nicht.

ERNST *beschwichtigend* Ich hab bloß mit dem Finger auf die Verpackung gedeutet, weil ich kein Italienisch verstehe, und es ging ja auch alles sehr schnell!

Das Geräusch eines Flugzeugs ist zu hören – ein hoher singender Ton.

ERNST *seinen Kopf hebend* Alle wollen weg von hier.

ALF Aber nicht jeder kann sich einen Privatjet leisten.

ERNST Dafür Urlaub ALL INCLUSIVE!

Kurze Pause.

GITTE *an Ernst gewandt* Da fällt mir ein, unser ehemaliger Chef hat mich gestern angerufen, der wollte wissen, was mein Gesellschaftsleben macht.

ERNST Der hat wohl immer noch nicht begriffen, dass du an diesen Firmen-Treffen kein Interesse mehr hast.

GITTE Genau, der Herr Professor Arnold war auch nicht hier, hab ich gesagt, weder auf dem letzten noch auf dem vorletzten Treffen!

ERNST *lachend* Ach, der Herr Professor!

GITTE Der hat kaum noch Zeit, hat er
gesagt, der ist jetzt Vorstandsvorsitzender im
IMMOBILIENVERBAND – außerdem Sprecher
vom LIONS CLUB.

ERNST Tatsächlich?

GITTE Da kommt man nur mit guten Leuten
zusammen.

Kurze Pause.

GITTE Keine Bussi-Gesellschaft!

Kurze Pause.

GITTE GUTE MÜNCHNER GESELLSCHAFT, hat
er gesagt.

ERNST Von mir aus!

GITTE *herausfordernd* Und was sind wir?!

Alle vier blicken sich fragend an.

Zweiter Akt

*Es ist Nacht. Alf, Bianca, Gitte und Ernst
sitzen am Ufer des leise dahinplätschernden
Baches. Auf dem Tisch vor ihnen mehrere
Windlichter, Gläser und Weinflaschen. Links
ein großes Lagerfeuer, das hin und wieder
gespenstische Schatten wirft. Über dem Bach
ist im Licht des Feuers ein weitläufiges
Grundstück zu erkennen, auf dem sich ein
zweistöckiges Bauernhaus mit einem dunkel
umrandeten Holzbalkon befindet. Das
Geplätscher des Baches wird manchmal vom
Schnalzen und Krachen funkensprühender
Holzscheite übertönt.*

ALF *mit einem Teller voll Salzstangen aus dem
Gartenhäuschen kommend* Leider!

ERNST *gespielt enttäuscht* Was, keine
Erdnüsse mehr, soll das heißen, wir müssen
gehen?

BIANCA Nein, keinesfalls!

*Alf hält eine Handvoll Salzstangen in die
Höhe, bekommt aber nur ablehnende Gesten,
verschwindet daraufhin wieder im
Gartenhäuschen.*

ERNST Und jetzt?

BIANCA *schenkt die Gläser nach* Ich glaube, wir brauchen noch etwas Flüssiges, damit wir die richtige Bettschwere bekommen.

Alf kommt vom Gartenhäuschen zurück und setzt sich.

BIANCA Also dann, Prost!

ALF *in die Runde blickend* Was geht hier vor?

ERNST *verschmitzt* Wir haben soeben beschlossen, hier zu übernachten.

Bianca steht auf, geht mit ihrem Glas ans Lagerfeuer, setzt sich auf einen Baumstumpf und starrt in die Glut.

ERNST *verdutzt* Was ist jetzt passiert?

ALF So Phasen hat sie öfters.

ERNST Als würde sie etwas ausbrüten.

ALF Das hat nichts mit Euch zu tun!

Bianca merkt, dass sie beobachtet wird, kehrt zurück, und setzt sich neben Ernst an den Tisch.

ALF Meine Liebe, wir würden gern wissen, was du am Lagerfeuer machst?

BIANCA *an Ernst gewandt* Das beruhigt so schön.

ERNST Wieso, bist du unruhig?

BIANCA Ja, das gebe ich zu.

ERNST Seit wann?

BIANCA *lächelnd* Seit ich auf der Welt bin. *Kurze Pause.* Ich muss immer was tun! Erst wenn ich ein Feuer sehe, werde ich ruhig, als gehörte ich dazu.

Alf will Bianca mit der Hand über den Rücken streichen, aber sie steht teilnahmslos auf, geht wieder zurück ans Lagerfeuer.

ALF *wie um Verständnis werbend* Sie braucht das einfach.

GITTE Was?

ALF Gestern hatten wir Ärger mit dem Nachbarn. Ich glaube, das hängt ihr noch nach.

GITTE *anteilnehmend* Ja, was ist denn passiert?

BIANCA *aus dem Hintergrund* Was flüstert ihr da?!

ALF Wir – nichts.

Bianca kehrt mit ihrem Glas an den Tisch zurück, bleibt vor Alf stehen.

ALF *schmunzelnd* Da ist ja mein Schatz!

BIANCA *mehrmals in die Runde blickend* Ihr habt ja noch gar nichts getrunken! *Hebt ihr Glas.* Auf unser Gartenhäuschen!

Ernst und Gitte prosten Bianca zu.

ALF *allein* Auf DEIN Gartenhäuschen!

Bianca geht zurück ans Lagerfeuer, setzt sich wieder und stochert mit einem Stock in die Glut, so dass hochauflodernde Flammen entstehen.

ALF Bianca, bitte!

ERNST Sieht echt wild aus.

BIANCA *spöttisch* Soll es auch!

ERNST Ja?

BIANCA *stochert weiter* Ich liebe es.

ALF Bitte, hör auf!

BIANCA Unser Nachbar soll auch etwas haben davon.

ALF Bitte!

Bianca kehrt zurück an den Tisch, setzt sich neben Alf.

BIANCA *an Alf gewandt* Gefällt es dir nicht?

ALF *mehrdeutig* Nein, man darf sich nichts gefallen lassen.

ERNST Genau, meine Rede!

GITTE Bianca, bitte sag mir, was ist hier los?

BIANCA *auf das Nachbarhaus deutend* Es geht um den Blödmann da drüben!

Eine laute Haustürglocke ist zu hören.

GITTE *erschrocken* Was ist jetzt passiert?

ALF *steht auf* Aah, das Essen!

BIANCA Was?

ALF Ich hab mir erlaubt, ein kleines Buffet zu bestellen!

BIANCA Alles hinter meinem Rücken?

Alf verschwindet im Dunkeln, kommt sogleich mit vier kleinen Kartons zurück.

BIANCA *verwundert* Was, Pizza?!

ALF *stellt die Kartons auf den Tisch*
Tut mir leid, es sollte eine Überraschung
werden.

Kurze Pause.

ALF *auffordernd* Bitte, greift zu, lasst es Euch
schmecken!

*Ernst, Gitte und Alf öffnen die Kartons, beginnen
mit den Händen zu essen. Bianca verschwindet
im Gartenhäuschen, kehrt zurück mit Teller,
Gabel und Messer.*

ALF *ablehnend* Nein, wir machen es wie die
Italiener.

Kurze Pause.

BIANCA *zwischenzeitlich auch mit den
Fingern essend* Haben wir noch
Rotwein?

ALF Klar! *Steht auf, geht ins Gartenhäuschen
und erscheint mit zwei Weinflaschen.*

BIANCA Was ist das?

ALF *sich vor Bianca verneigend* Blauer
Burgunder, bitte sehr!

BIANCA *ihren Mund verziehend* Kenne ich nicht.

ALF *gespielt ernst* Keine Chance, der wird jetzt getrunken! *Verschwindet im Gartenhäuschen, kommt mit vier neuen Schwenkern zurück, entkorkt eine Flasche und schenkt ein.*

BIANCA *das Etikett betrachtend* Hast du etwa einen BAROLO erwischt?

ALF *grinsend* Wenn schon, denn schon!

Alf, Bianca, Gitte und Ernst heben ihre Gläser, prosten sich zu und trinken, essen weiter. Das Handy beginnt zu klingeln, Ernst holt es aus der Tasche, tippt auf ein Knöpfchen, steckt es wieder ein.

GITTE Gute Idee.

ERNST *schmunzelnd* Gern geschehen!

GITTE Danke!

Nach dem Essen lehnen sich alle vier mit zufriedenen Gesichtern in ihren Sesseln zurück.

ERNST Wirklich schön ist es hier.

BIANCA Ja! *Nimmt die leeren Pizzakartons, geht damit zum Lagerfeuer, wirft sie einzeln hinein, so dass hohe Stichflammen entstehen.*

ALF Muss das sein?

Bianca wischt sich die Hände ab, setzt sich und starrt ins Feuer.

ERNST *auf das Nachbarhaus deutend* Wie viele Häuser gibt es hier eigentlich?

Kurze Pause.

ALF Hinter dem Nachbarhaus steht noch eines, da wohnt eine ältere Frau.

Kurze Pause.

ALF Neulich ist sie mir im Supermarkt begegnet, da hat sie an der Kasse wegen drei Euro fünfzig ihre EC-Karte aus der Tasche geholt, und hat sich vertippt.

GITTE Wegen so einem Betrag, ich weiß nicht.

Kurze Pause.

ALF Als ich letzte Woche zum Tanken gefahren bin, war hinter mir so ein Drängler, ziemlich kurvenreiche, unübersichtliche Strecke, schließlich hat er mich doch überholt, als ich dann an die Tankstelle kam, stand er vor mir, ich war aber schneller fertig als er, ging zur Kasse, und er folgte mir. Jetzt zahle ich mit der EC-Karte, hab ich gedacht, jetzt lass ich ihn warten, hab mich beim ersten Mal absichtlich vertippt, und dann gleich noch einmal, da wollte er sich vordrängen, aber die Frau an der Kasse hat nur gesagt: Einer nach dem andern! Dann hab ich mir noch eine Tafel Schokolade gekauft, alles bar bezahlt, mir richtig Zeit gelassen, immer wieder gezögert, was ich nehmen soll, Vollmilch oder Zartbitter, und bin langsam an ihm vorbeigegangen, da hat er mich angeschaut, als hätte ich ihm wunder was getan!

GITTE Furchtbar diese Typen.

ALF Zuhause habe ich mich dann über den Nachbarn geärgert, weil der auch nur blöd schauen kann, und nicht grüßt. Der hat das Riesenhaus vor uns hingestellt, als wir schon längst da waren!

ERNST Und ich dachte, es wäre ein Alteingesessener.

ALF Nein, die da drüben sind erst nach uns gekommen.

Kurze Pause.

ALF Die haben das Haus ohne Genehmigung gebaut, originalgetreu nach einem alten Bauernhof, den sie irgendwo im Allgäu gesehen haben, und alles andere weggerissen.

ERNST Das ist mir gar nicht aufgefallen, erst jetzt, im Schein des Lagerfeuers.

Kurze Pause.

ERNST Wie viele Zimmer haben die denn?

ALF Das sind gar nicht so viele Zimmer, dafür haben sie Riesenräume. Er, ein passionierter Jäger, und sie Architektin beim Bauamt, achthundert Quadratmeter Wohnfläche haben die, und mehr als drei Hektar Grund!

ERNST *schüttelt verwundert den Kopf* Trotzdem ist es doch immer wieder schön hier, oder? Du setzt dich hin, und hast deine Ruhe.

ALF Irgendwie schon, aber es ist mir manchmal zu viel.

Kurze Pause.

ERNST All die schönen Bäume ringsumher!

Gitte steht auf, geht zu Bianca und setzt sich neben ihr ans Lagerfeuer.

ALF *blickt sich um, deutet auf einen kleinen Baum* Der Baum da, neben dir, der stammt aus Italien.

ERNST Was?

ALF Das war der erste Baum, den wir gepflanzt haben, und da vorne, die kleine Walnuss, die hat Bianca eingesetzt, sie allein, weil ich das nicht wollte.

ERNST Wieso nicht?

ALF All die Bäume müssen ja geschnitten werden, und der Rasen, die Haselnusssträucher da vorne, die hat sie aus Venedig mitgebracht, und die Forsythie, ich sag dir, es macht einfach zu viel Arbeit!

ERNST Ja, ich weiß.

Gitte und Bianca stochern mit einem Stecken in der Glut herum.

ALF Es war alles sehr günstig, sonst hätten wir es nicht gekauft. Zwischenzeitlich haben sich die Grundstückspreise verdoppelt, weil sie in der Nähe einen Flughafen bauen.

ERNST *überrascht* Dann ist es bald aus mit der Ruhe?

ALF Bianca hat eine Eingabe gemacht, dass wir vorher die Wiese noch als normalen Baugrund hinkriegen. Ich meine, für die Zeit nachher, weil wir machen da nichts mehr.

Kurze Pause.

ALF Da könnte man leicht zwei Häuser hinstellen, wenn man wollte, aber es steht alles noch unter Denkmalschutz. Wir hoffen, dass die Auflage bald gestrichen wird, damit die Kinder auch noch was haben davon.

ERNST Klar, natürlich.

Kurze Pause.

ERNST *deutet auf einen mächtigen Baum* Der hier ist bestimmt schon hundert Jahre alt.

ALF Eine Esche ist das, ja, da drüben waren es noch viel mehr, der Nachbar ist einfach hergegangen und hat gleich zehn Stück auf einmal gefällt. *Fährt sich mit dem Zeigefinger über den Hals.* Ratsch, und weg waren sie!

ERNST Immer müssen die Bäume dran glauben.

ALF Letzten Herbst haben wir das ganze Laub vom Vorjahr zusammengerechnet, die machen unglaublich viel Arbeit, die Bäume, ich sag's dir!

Kurze Pause.

ERNST Vor kurzem bin ich an einem Seitenarm der Isar vorbeigekommen, da waren so viele Bäume, jetzt ist dort alles kahl.

ALF Du hast recht, es wird viel zu viel abgerodet.

Kurze Pause.

ERNST Bei uns zuhause stand mitten im Ort eine große Linde, und jetzt ist sie weg!

ALF War die wertvoll?

ERNST *leicht aufgebracht* Was heißt wertvoll – so ein schattenspendender Baum, ist der vielleicht nicht wertvoll?!

ALF Ich mag Bäume, doch, deswegen haben wir auch nicht so gewütet wie der da drüben, der hat zwischenzeitlich alles niedergewalzt, alles! Nur noch Rasen, du siehst es ja selbst.

ERNST Warum?

ALF Wegen der Arbeit halt.

Kurze Pause.

ALF *ans Bachufer deutend* Wir haben diese Hecken angepflanzt, vorher war alles nackt, die haben wir hier angepflanzt, da war vorher nichts. Bianca hat schon recht gehabt, da war nur das Haus zu sehen, und sonst nichts, und wie schnell er das hingestellt hat, unser Herr Nachbar, das kannst du dir gar nicht vorstellen.

ERNST Bäume und Sträucher, ist doch schön, da bist du jetzt geschützt, hast dazu noch den Bach dazwischen, kannst dich entspannen, und hast deine Ruhe.

Kurze Pause.

ALF *blickt Richtung Lagerfeuer* Schauen wir mal, was die Frauen machen, nicht dass sie uns beleidigt sind.

ERNST *steht auf mit Alf, geht mit ihm ein paar Schritte Richtung Feuer* Nein, die unterhalten sich ganz gut.

Alf und Ernst kehren wieder um, kommen ins Halbdunkel, setzen sich auf zwei Baumstümpfe.

ERNST *auf einen kleinen Schuppen deutend* Ah, so einen urigen Stadel habt Ihr auch noch? So was gibt es ja fast nicht mehr!

ALF Ja, da oben wohnen ein paar Katzen, und wir brauchen ihn fürs Holz. *Nachdenklich.* Stimmt, eigentlich ist das ein schöner Platz.

ERNST *begeistert* Einmalig ist das!

GITTE *kommt auf Ernst zu, bleibt stehen vor ihm* Fahren wir?

ERNST Wieso, bleiben wir doch noch ein bisschen. Komm, setz dich!

ALF Und ich hole noch ein Fläschchen?

GITTE *abwehrend* Nein, bitte nicht!

ALF *schmunzelnd* Nein, keine Flasche mehr?

GITTE Nein! Nein!

Kurze Pause.

ERNST *an Gitte gewandt* Schau, wie urig hier alles ist.

GITTE Ja, wunderbar.

Bianca gesellt sich auch zu Gitte, Alf und Ernst.

ERNST Also, der Rasen da drüben, der gefällt mir, sehr gepflegt, wie in Wimbledon.

GITTE Wie in Wimbledon, du hast recht, nur größer und schöner!

ERNST *spitz* Eurer hingegen schaut im Vergleich dazu aus wie eine magere Wiese. *An Bianca gewandt.* Willst du ihn nicht vertikutieren, kauf dir halt mal so eine Maschine!

ALF *lächelnd* Was, das auch noch?!

Kurze Pause.

ERNST Unser Nachbar hat einen Rasen, ich sag Euch, ein ganzes Fußballfeld hätte da Platz. Er ist jetzt in Rente, hat jeden dritten Tag gemäht, und der Rasenmäher so laut, gleich in aller Herrgottsfrühe hat er angefangen.

GITTE Eine Rosenzucht hat er und Kirschbäume, Apfelbäume, Pflaumen, alles Mögliche, nur keinen Birnbaum, wo ich doch so gerne Birnen mag!

Kurze Pause.

ERNST Ich hab für so hergerichtete Gärten überhaupt nichts übrig, mir gefällt es, wenn es natürlich ist, ich mag Sauerampfer, Löwenzahn, Brennnessel, und wie das ganze Unkraut heißt!

ALF Wenn Bianca nicht aufpassen würde, ich sag dir, bald würde es hier aussehen wie in der Wildnis.

ERNST Wäre das nicht schön?

BIANCA Du, das ist Wahnsinn, das geht schneller als du denkst.

ALF Bianca ist jeden zweiten Tag im Garten, hat immer was zu tun. So schön die Natur auch ist, es ist doch immer mit Arbeit verbunden.

Kurze Pause.

ERNST *deutet auf einen Abfallhaufen* Und das ist der berühmte Komposthaufen?

GITTE *als hätte sie nicht verstanden* Ach, haben sie Euch deswegen angezeigt?

ALF *beinahe flüsternd* Ja.

BIANCA *laut* Deshalb braucht man nicht flüstern!

ALF Der Komposthaufen wäre zu nahe am Bach, haben sie gesagt. *Zieht eine Grimasse.* Der Dreck vom Kompost käme ins Wasser.

GITTE Nein, so was Kleinkariertes!

BIANCA Aber sie haben keine Chance.

ALF Es ist genau die Seite, wo sie sich hinsetzen wollten, direkt vor ihrer Terrasse!

GITTE Wurde wohl nichts mit der Anzeige?

BIANCA Da lassen wir uns nicht dreinreden!

Kurze Pause.

GITTE *an Ernst gewandt* Gehen wir?

BIANCA Jetzt bleibt doch noch etwas!

GITTE *schaut auf ihre Armbanduhr* Noch fünf Minuten.

ALF Die wollen hier später ihren Lebensabend verbringen, haben viel zu viel Geld!

BIANCA Nur sie, und sonst niemand, versteht Ihr?

ALF Wenn sie wenigstens am Anfang etwas gesagt hätte, ein bisschen auf uns zugegangen wären. Aber nein, alles mit Gewalt: MACHEN SIE DIES! MACHEN SIE DAS! Aber auf so was hören wir nicht!

Kurze Pause.

ERNST Unser Nachbar hat eine große Erbschaft gemacht, dann gleich eine Garage vor uns hingestellt. Die glauben, Geld wäre alles, und jetzt ist er krank.

BIANCA Die da drüben wollten, dass wir unseren Komposthaufen auf die Sonnenseite verlagern, aber da sind sie bei uns an die Richtigen geraten.

ERNST *deutet auf eine Kette, die rings um den Komposthaufen führt* Die Kette ist schön, schützt aber nicht vor Gestank, oder?

BIANCA *schmunzelnd* Nicht wirklich!

GITTE Der Haufen erinnert mich irgendwie an Friedhof.

Ernst und Gitte fangen zu lachen an.

GITTE Jetzt gehen wir aber.

ERNST *blickt Richtung Bach* Gehört Euch da ein Anteil?

BIANCA Von der Grundstücksgrenze, bis zur Mitte des Flusses.

ERNST Ist ja toll!

BIANCA Ja, aber wir haben kein Wasserrecht.

ERNST Aha.

BIANCA Wir haben das Grundstücksrecht, aber wir dürfen nicht Fischen.

ALF Wir dürfen das Wasser offiziell auch nicht abschöpfen.

ERNST Sind da Fische drin?

ALF Ja, Forellen, da haben wir mal welche rausgeholt, und sofort gegrillt. *Blickt sich um.* Aber nur einmal!

GITTE *beruhigend* Klar, wir hätten das auch gemacht.

ERNST Jeder hätte das gemacht!

GITTE *auf die Armbanduhr blickend* Schön, aber jetzt gehen wir.

ALF *verspielt* Was, jetzt schon?

GITTE *an Ernst gewandt* Komm, Alter, auf geht's.

ERNST *schmunzelnd* Jawohl!

BIANCA Aber Ihr könnt doch hier bleiben.

ERNST Nein, wir haben in der Pension am Bahnhof ein Zimmer gemietet. Zwei Betten, mehr brauchen wir nicht.

ALF Übertreib mal nicht.

ERNST Doch, doch, wir wollen niemanden zur Last fallen, da sind wir konsequent.

Kurze Pause.

GITTE *ist schon Nähe Ausgang* Jetzt komm endlich!

ERNST *verspielt* Warte, bis wir daheim sind!

Kurze Pause.

ALF Ihr wollt also wirklich gehen?

GITTE Fahren, mein Lieber!

BIANCA Keinen Absacker mehr?

GITTE Nein! Nein!

Kurze Pause.

ERNST Schön war's!

Gitte geht langsam zurück, und alle vier umarmen sich.

ERNST Nochmals vielen Dank!

GITTE Ja, danke für alles!

Kurze Pause.

BIANCA Ist Euch nicht zu kalt?

GITTE Nein, überhaupt nicht.

ALF *laut* Also dann, Gute
Nacht!

*Gitte und Ernst verschwinden in der
Dunkelheit. Bianca und Alf bleiben eine
Zeitlang stehen, holen dann ihre Weingläser
und gehen damit an das zwischenzeitlich
schon ziemlich weit heruntergebrannte
Lagerfeuer, nehmen mit dem Rücken zum
Publikum Platz. Bianca wirft ein Stück Holz
ins Feuer, so dass ein leichter Funkenflug
entsteht. Im Haus gegenüber gehen alle
Lichter an, und gleich wieder aus. Lautes
Hundegebell.*

ALF *vorwurfsvoll* Jetzt geht es wieder
los!

Kurze Pause.

BIANCA *anteilnehmend* Was meinst
du?

Kein Hundegebell mehr.

BIANCA Verkaufen wir an sie?

Kurze Pause.

ALF Ja, ich bin dafür.

Lichter werden eingeschaltet.

BIANCA Ja?

Hundegebell. Lichter gehen aus, und wieder an.

ALF *entschlossen* Ja, machen wir es!

Kein Hundegebell mehr. Nur noch das Schnalzen vereinzelter Holzscheite. Beunruhigendes Geplätscher des Baches. Lichter gehen aus, und wieder an.

BIANCA *erschrocken* PASS AUF!

Lichter werden ausgeschaltet.

BIANCA SIE KOMMEN!

Furchterregendes Hundegebell.

BIANCA *panikartig* MEIN GOTT!

Sämtliche Lichter gehen an. Das Gekläffe der Hunde. Bianca stürzt. Alf kommt Bianca zu Hilfe, beide fangen lautstark zu schreien an. Vorhang. Lichter gehen aus. Das Hundegekläffe ganz nahe jetzt. Grelle Lichtfetzen hinter dem Vorhang. Hilferufe. Erstickende Schreie. Allmählich abschwellendes Hundegekeife. Vereinzeltes Gewinsel. Plötzlich Stille. Totale Finsternis.

- E N D E -

ADELHARD
WINZER
DIE SPRACHGRENZE
GESCHICHTEN. 2018. 184 SEITEN
BOD – BOOKS ON DEMAND, NORDERSTEDT
ISBN 9783746087429

In mehr als hundert ineinandergreifenden
Geschichten (die längste hat elf Seiten, die kürzeste
vier Zeilen) wird anhand der Parabel,
der Groteske, der Fabel und der Übertreibung
von Personen und Ereignissen berichtet,
denen allen gemeinsam die Thematik
„In der Fremde" zugrunde liegt. Skizzenhaft,
lakonisch, phantastisch überhöht,
bis an die Grenzen der Erzählbarkeit.

„Ihre Texte haben lange auf meinem Schreibtisch
gelegen und ich habe immer mal wieder
hineingeschaut. Der Titel ‚Sprachgrenze' ist total
richtig gewählt. Alle Texte machen vor etwas Halt –
eine Wand? Ein Absturz? Ein Paradies?
Das wirkliche Leben? (was immer das ist). Man
wartet auf einen Durchbruch, aber er kommt nicht.
Sehnsuchtstexte! Sehnsucht sehnt sich
nach Erlösung. Aber was könnte das sein?
Gott? Die Liebe? Die Tat?"
Ruth Rehmann in einem Brief an Adelhard Winzer

„Deine Geschichten sind klasse,
sie ziehen den Leser in den Bann,
sind erschreckend ehrlich und hart,
sprachlich fein gesponnen."
Thomas Felber, Buchhandlung Lentner, München

„Ich finde Ihr Werk rundherum gelungen."
Wolfgang Weinkauf

ADELHARD WINZER
LÜGENGESCHICHTEN
2018. 132 SEITEN
BOD – BOOKS ON DEMAND,
NORDERSTEDT
ISBN 9783752862102

Der Mond hat sieben Türen, sprach das Kind.
Ich lebe nicht hinter dem Mond, erwiderte
der Mann. Du hast keine Ahnung, meinte
das Kind, wenn der erst mal seine Hintertüre
aufmacht, beginnen die Menschen zu wackeln.
Von wegen wackeln, sagte der Mann. Ja,
wenn der Mond wirklich wollte, könnte
er die ganze Welt überschwemmen,
aber er hat Mitleid mit uns, vor allem
mit den alten Leuten. Ich bin nicht alt,
entgegnete der Mann. Für ganz Alte, sagte
das Kind, macht er die Vordertüre auf,
dort können sie hineingehen! Und das Kind
verschwand wie es gekommen war.
Blödsinn, dachte der alte Mann, drehte sich
auf die andere Seite, und konnte doch nicht
einschlafen. Seine Gedanken begannen
um den Mond zu kreisen, um die Erde,
um alte Leute. Schließlich träumte er,
durch eine große weite Türe zu gehen.
Alle Menschen machten ihm Platz,
verbeugten sich und riefen:
Wo warst du denn die ganze Zeit!

ADELHARD WINZER
STOCKHOLM BLUES
KURZPROSA. 2018. 92 SEITEN
BOD – BOOKS ON DEMAND,
NORDERSTEDT
ISBN 9783752839814

Seit ich denken kann, will ich nach Stockholm.
Kennen Sie Stockholm? Ich war noch nie dort.
Es ist schön, wo ich wohne, ich vermisse nichts.
Also, sagen meine Freunde, was willst du
in Stockholm? Ich weiß nicht. Nachts erwache
ich aus meinem Traum, drehe mich
auf die andere Seite und denke,
morgen gehe ich nach Stockholm.
Stets kommt etwas dazwischen.
Ich gehe zur Arbeit, ärgere mich,
gehe wieder nach Hause –
schon ist der Tag vorbei.
Wie schön wäre es jetzt in Stockholm,
denke ich, warum bist du nicht
nach Stockholm gegangen!
Ich war in Trinidad, ich war in New York,
aber was ist das im Vergleich zu meinem Traum.
Meine Freunde sagen, geh in dich, vergiss
dieses Stockholm, es bringt dich noch um!
Aber in Gedanken bin ich in Stockholm.
Ich weiß nicht warum.
Um was Neues beginnen zu können,
muss ich nach Stockholm.
Kennen Sie Stockholm?
Waren Sie schon dort?
Heute wäre ein guter Tag,
um nach Stockholm zu gehen!

ADELHARD
WINZER
GRUNDSÄTZE ÜBER DIE KUNST
2018. 72 SEITEN
BOD – BOOKS ON DEMAND,
NORDERSTEDT
ISBN 9783748102038

Der Sommer, das Fahrrad,
Blätter im Sand,
der Wald und die Nacht
und die Stimmen, das Lachen,
der Himmel, die Kräuter und
Beeren, Geschmack von Rauch
in der Luft, Pfennigstücke
neben den Eisenbahnschienen,
die Wiesen, die Äcker, die Farben,
die Birken, Getreidefelder im Wind,
der Hügel, der See, Nebel und Bläue,
Vater, Mutter, Winter im Land,
der Schal und der Schlitten,
Bruder, Schwester – gesehen
aus einem engen Raum.

ADELHARD WINZER
VENEDIG, VON HIER AUS
AUFZEICHNUNGEN
2019. 212 SEITEN
BOD – BOOKS ON DEMAND,
NORDERSTEDT
ISBN 9783749437481

Diese Arbeiten folgen keinem
künstlerischen Konzept,
keiner Gesetzmäßigkeit,
keiner Logik im herkömmlichen Sinn.
Niedergeschrieben in einem Zug,
frei von ablenkenden Gedanken
oder Zugeständnissen an
eine literarische Form
enthält der Band
zweihundert Aufzeichnungen
aus dem Unterbewusstsein.
Allein das Aufhören am Ende
der jeweiligen Notizbuchseite,
um erneut beginnen zu können,
galt als Einschränkung
beim Schreiben dieser Texte.

ADELHARD WINZER
ANDREAS
REPRINT. 2019. 80 SEITEN
BOD – BOOKS ON DEMAND, NORDERSTEDT
ISBN 9783749436804

„Dieses Buch wendet sich Problemen zu, wie
Jugendliche sie in unserer Gegenwart haben können:
der Zweifel am sogenannten Fortschritt, mangelnde
Verbundenheit mit der Natur, Missverstehen der
Erwachsenen im Hinblick auf jugendliches
Verhalten. Das Buch wird gewiß einen Teil von
älteren Kindern und Jugendlichen in
weiterführenden Schulen gut ansprechen."
Prof. Doktor Anton Reinartz,
VJA Nordrheinwestfalen

„Ein wichtiges Buch, insbesondere für Erwachsene, denn
hier können sie etwas erfahren über die Kluft, die sie
zwischen sich und den Kindern aufgebaut
haben und die Unkindlichkeit unserer Welt."
Klaus Friedrich, München

„In dem schmalen Büchlein steht Bedeutsames."
Reichenhaller Tagblatt

„Begegnung mit einem außergewöhnlichen Jungen."
Stuttgarter Nachrichten

„In einem langen Brief schreibt sich Andreas
all das vom Herzen, was ihn freut, aber auch was ihn
bedrückt, was ihm an den Erwachsenen nicht gefällt, die
schuld daran sind, dass Landschaften
zu Betonwüsten werden, die sich immer
streiten müssen, die Kriege führen ..."
Katholischer Kirchenanzeiger

„Das Buch habe ich bekommen und gelesen.
Es gefiel mir. Talentierter Mann!"
Stephan Sulke

ADELHARD WINZER
DER PENSIONIST
GESCHICHTEN. 2019. 156 SEITEN
BOD – BOOKS ON DEMAND, NORDERSTEDT
ISBN 9783749455041

Aufzeichnungen eines Querdenkers.
Eigenwillig, melancholisch, naiv.
Geschichten, die das Altern
zum Mittelpunkt haben.

Bei schönem Wetter konnte ich
vom Schreibtisch aus die Berge sehen.
Jetzt versperrt mir ein kotzfarbener
Wohnblock den Blick.
Auf dem Grundstück gegenüber
steht eine Trauerweide. Sie
erinnert mich an Wasser, aber
kein Bach weit und breit.
Der Wohnblock hat etwas
Fremdes an sich. Ich denke
an die Trauerweide und sehe
eine Birkenallee. Tatsächlich
steht im Hinterhof eine Birke.
Die kommt erst jetzt zur Geltung.
Wahrscheinlich war das mein erster
Gedanke beim Öffnen der Fenster.
Schnee ist gefallen über Nacht.
Es ist kalt. Der Aufzug fährt. Es ist
fünf nach sieben. Rauch steigt aus
den Kaminen gegenüber.
Der Tag beginnt.